My Ou

by Lind

MW01577513

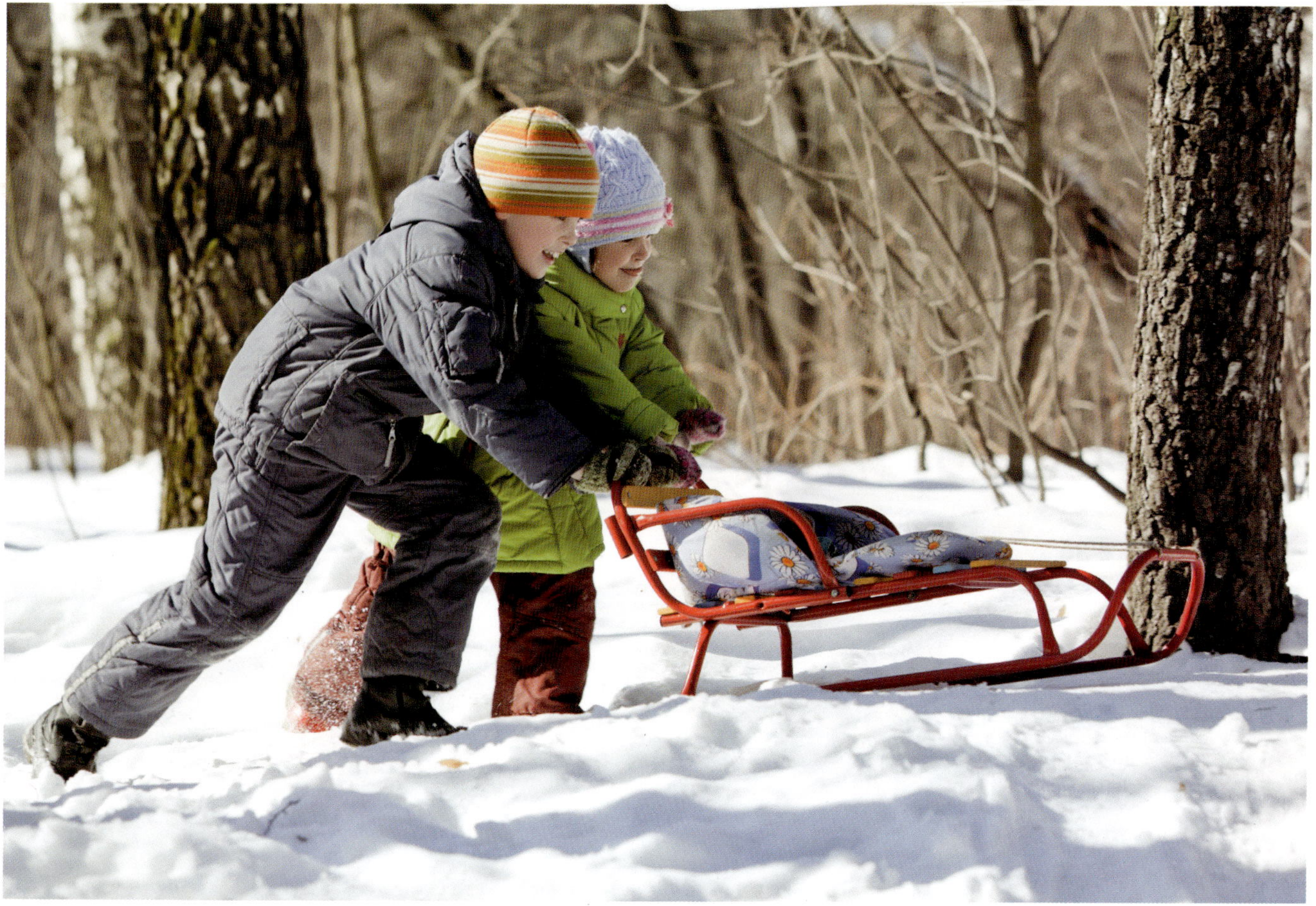

I have my 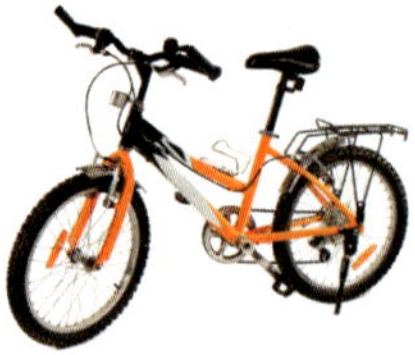 .

bike

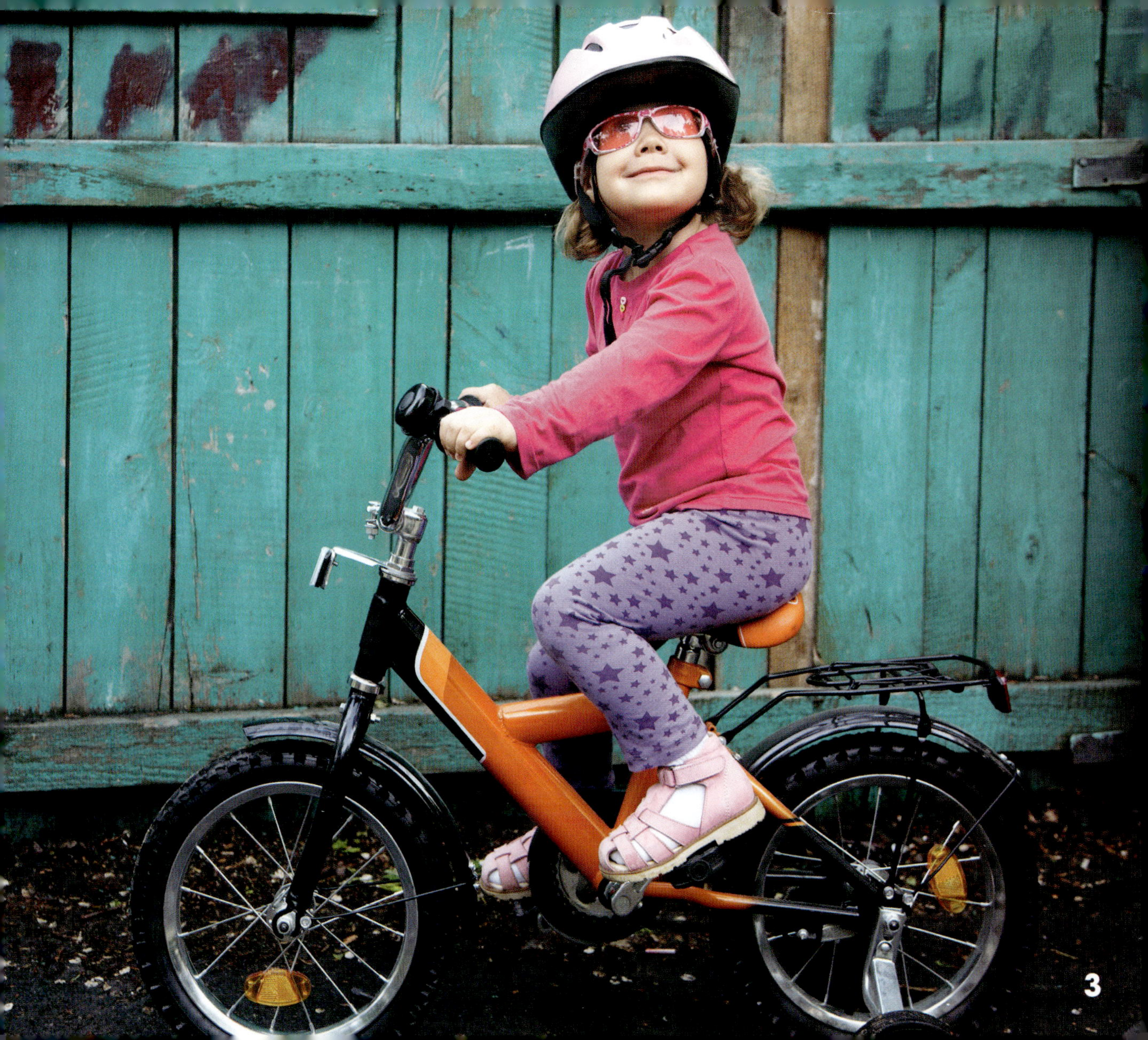

I have my 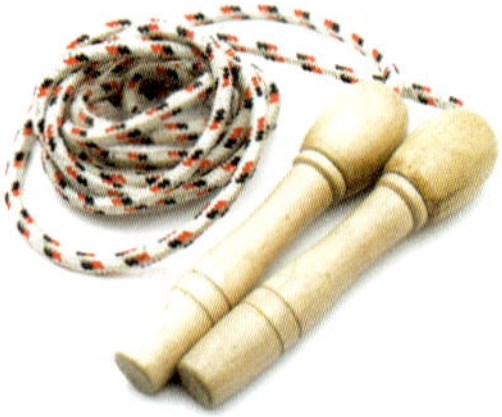.

rope

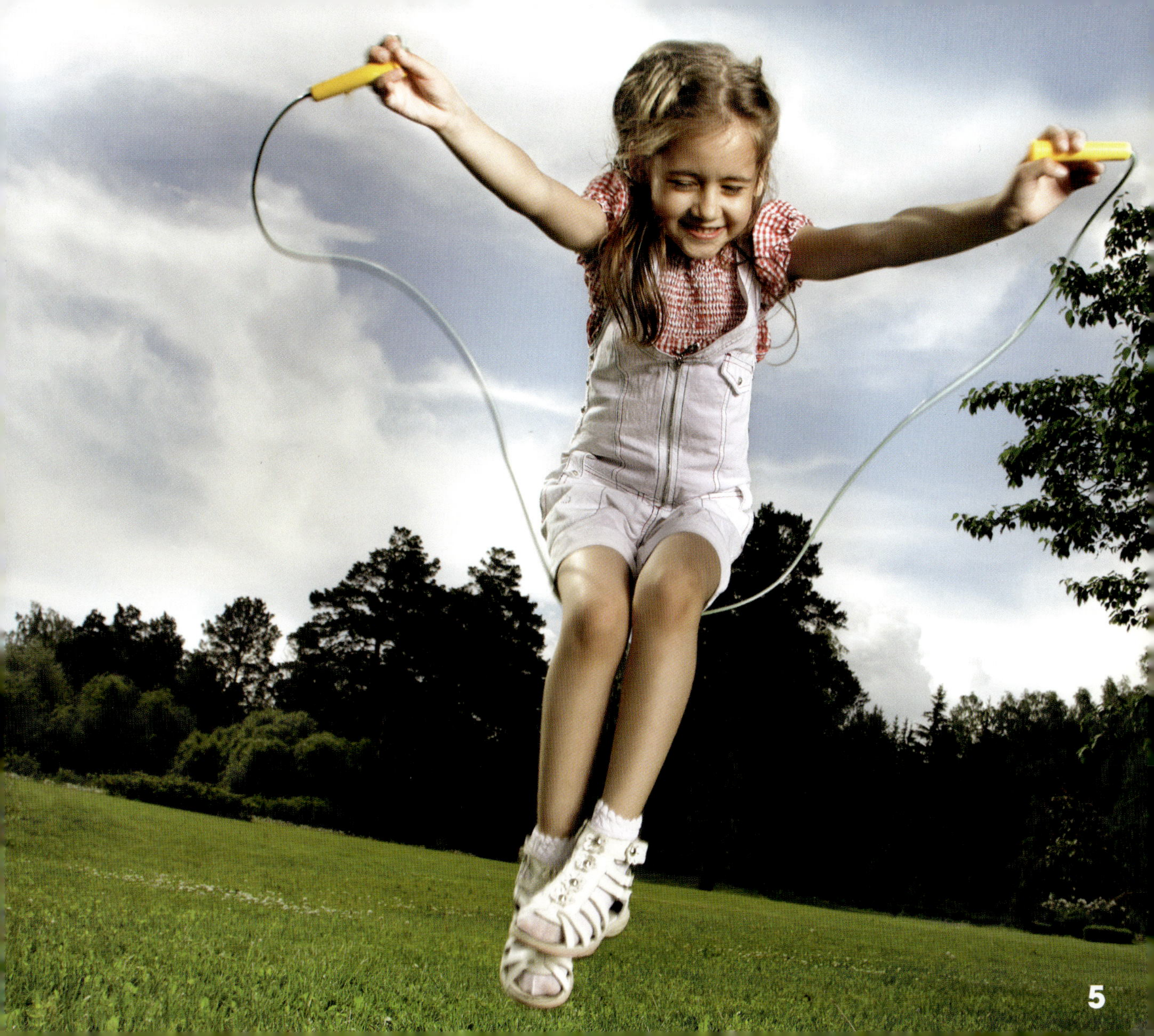

I have my 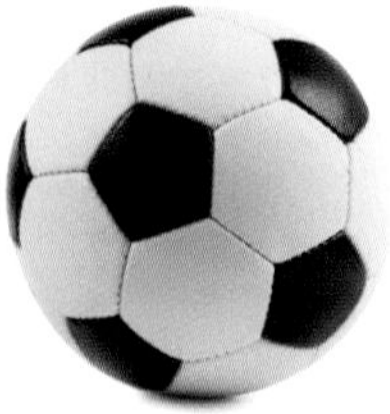 .

ball

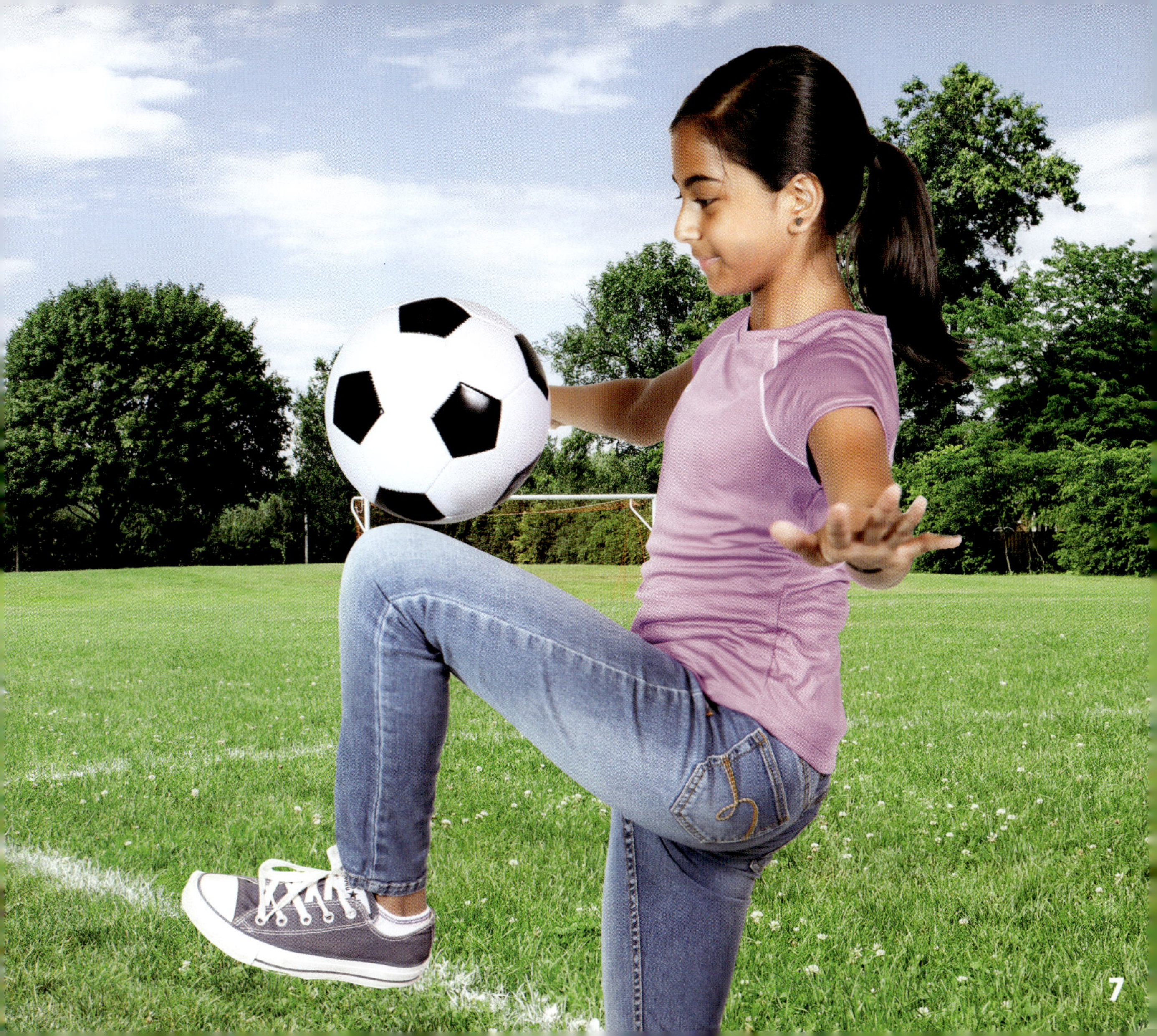

I have my 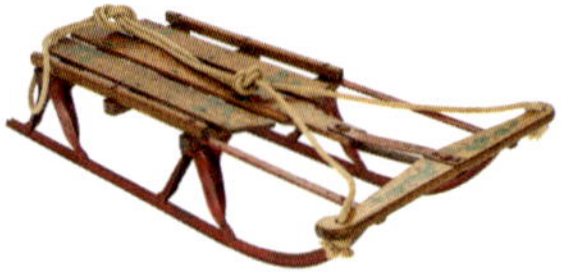 .

sled

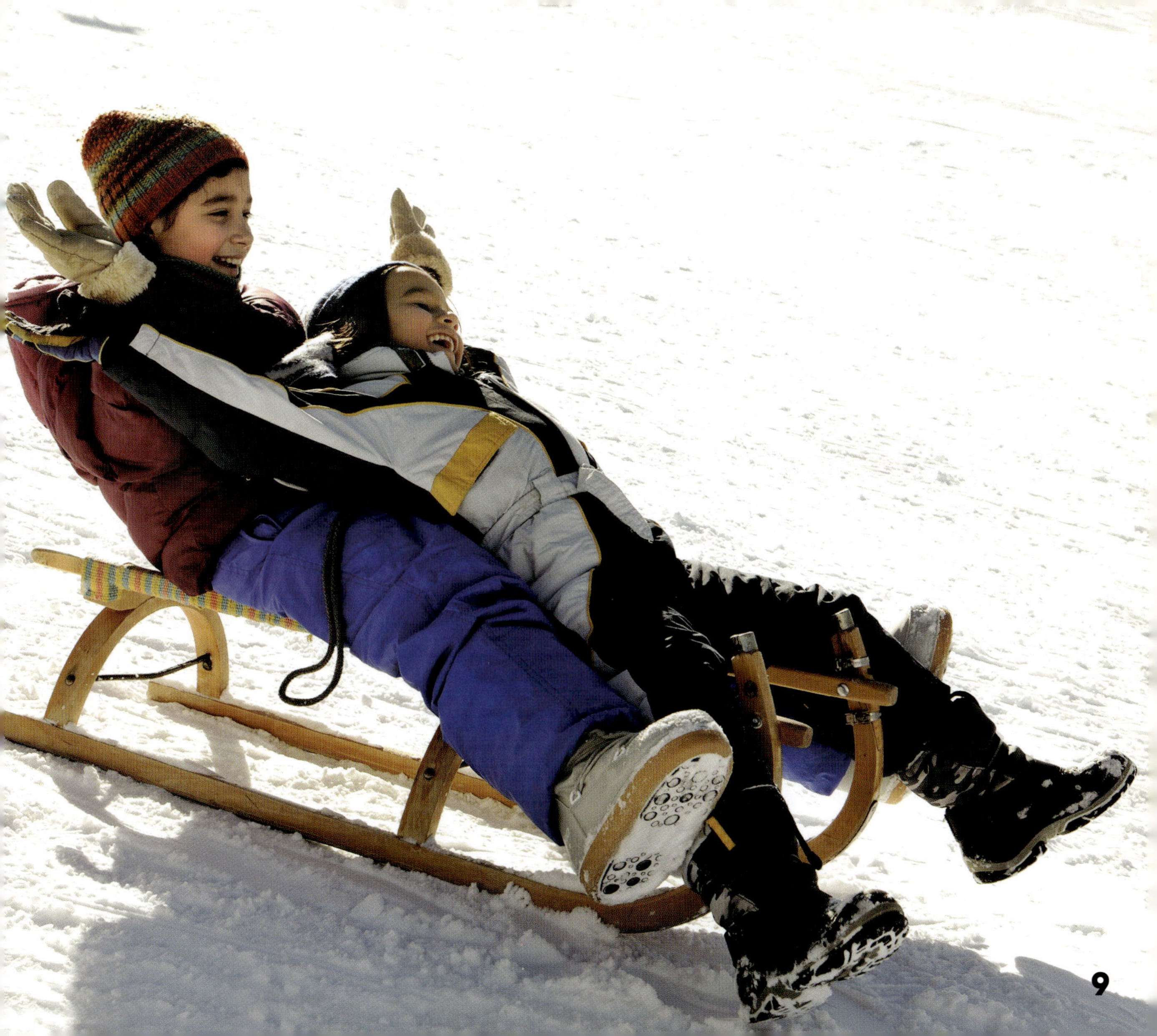

I have my 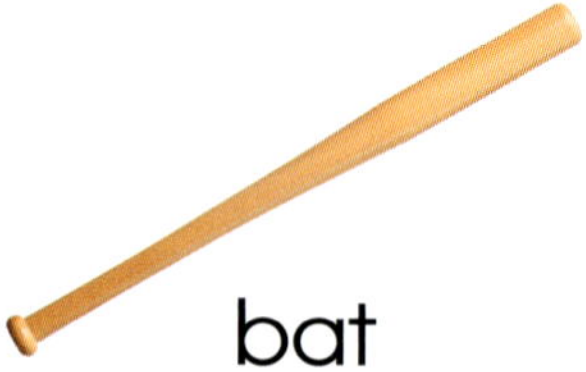.

bat

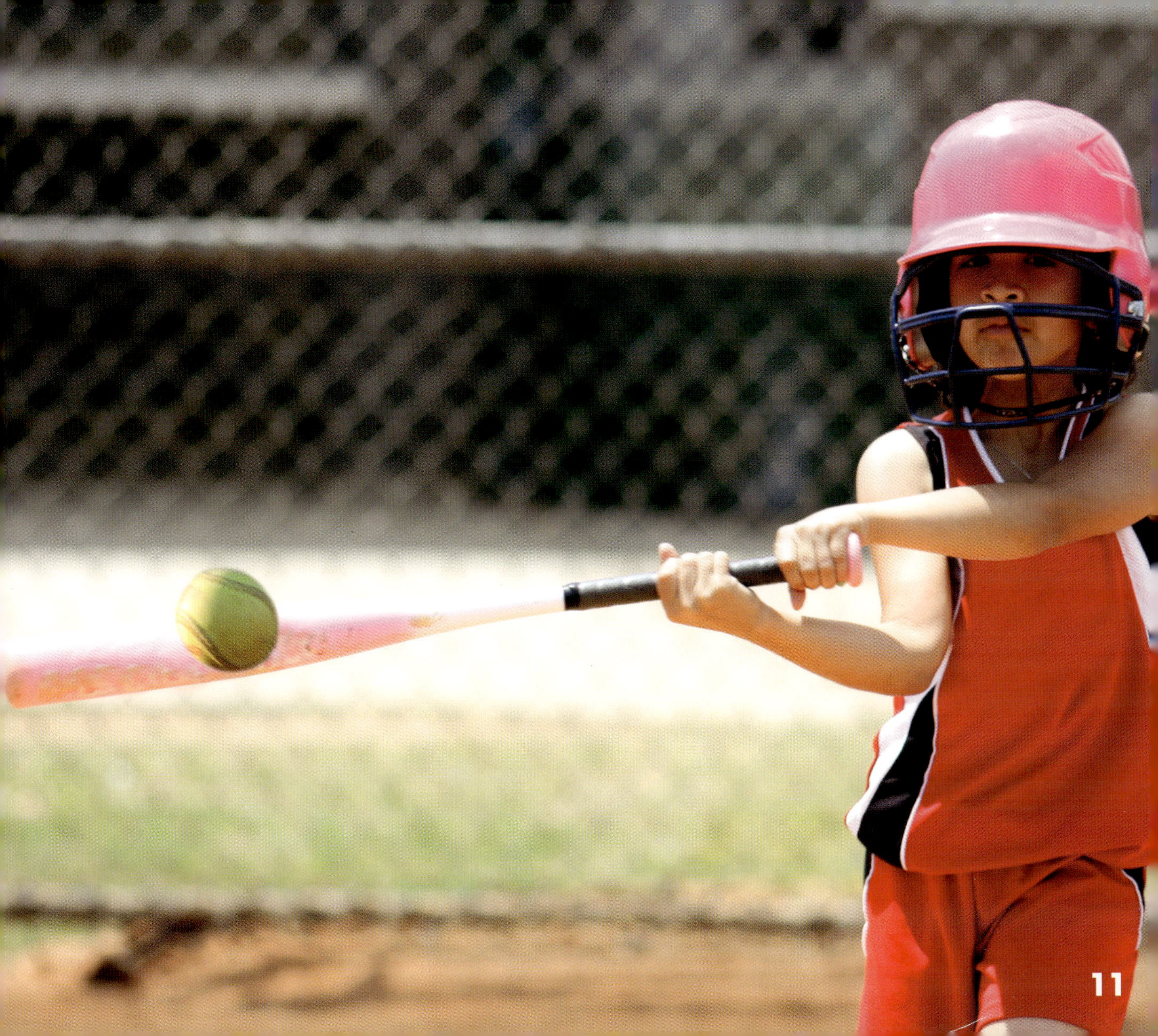

I have my 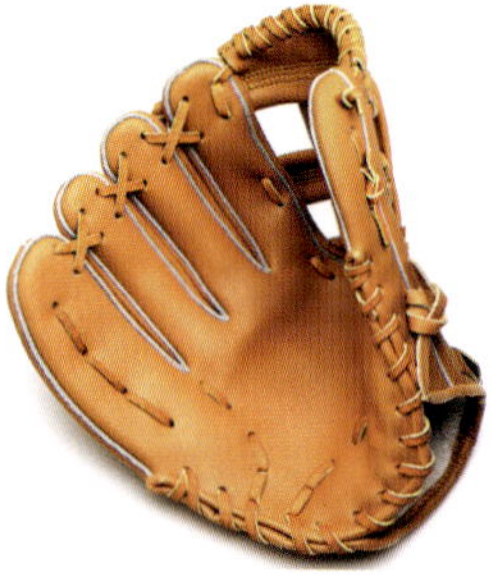 .

mitt

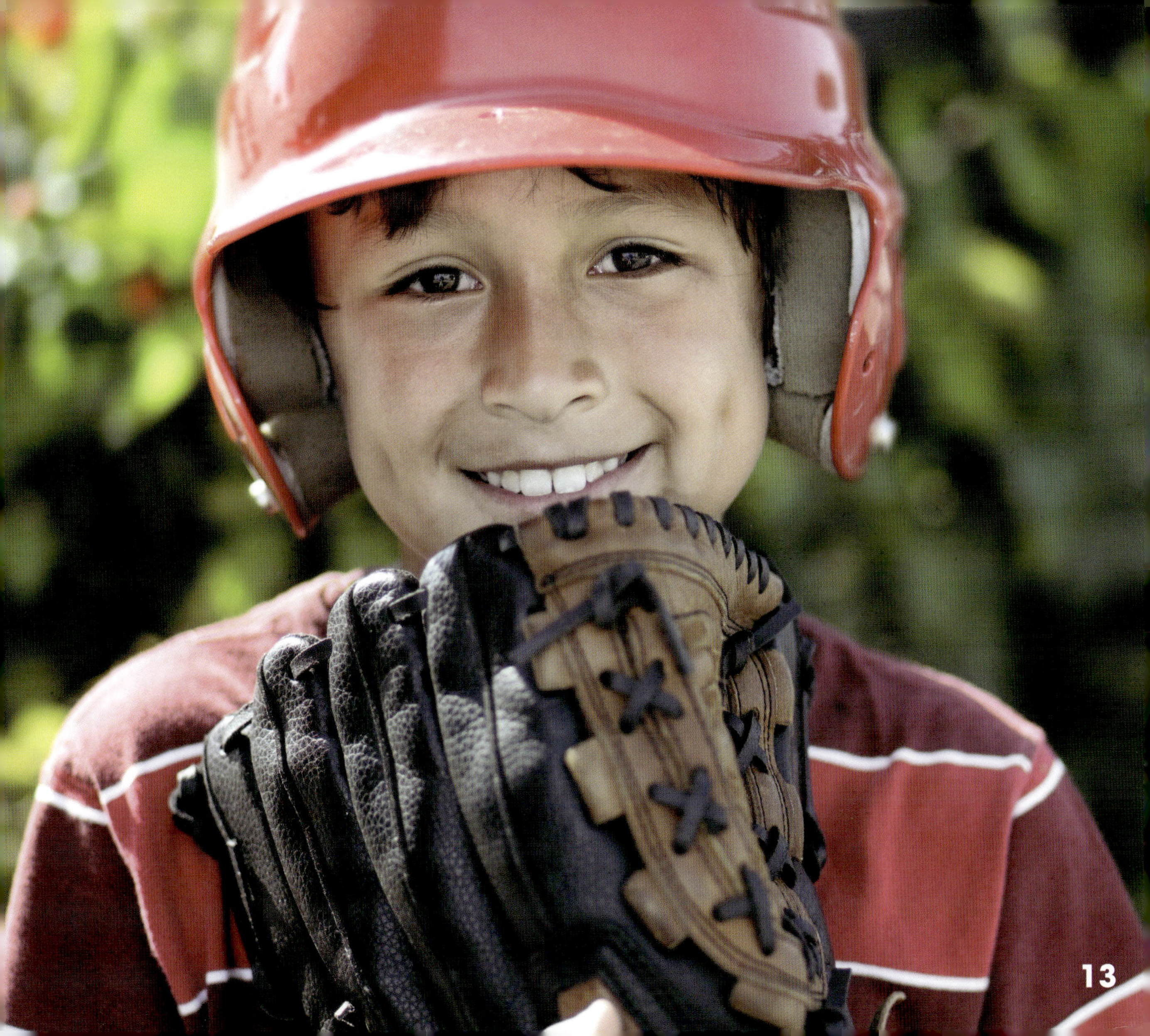

I have my 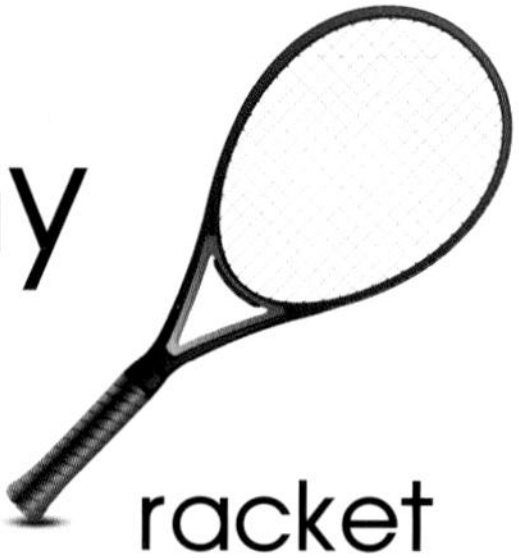 .

racket

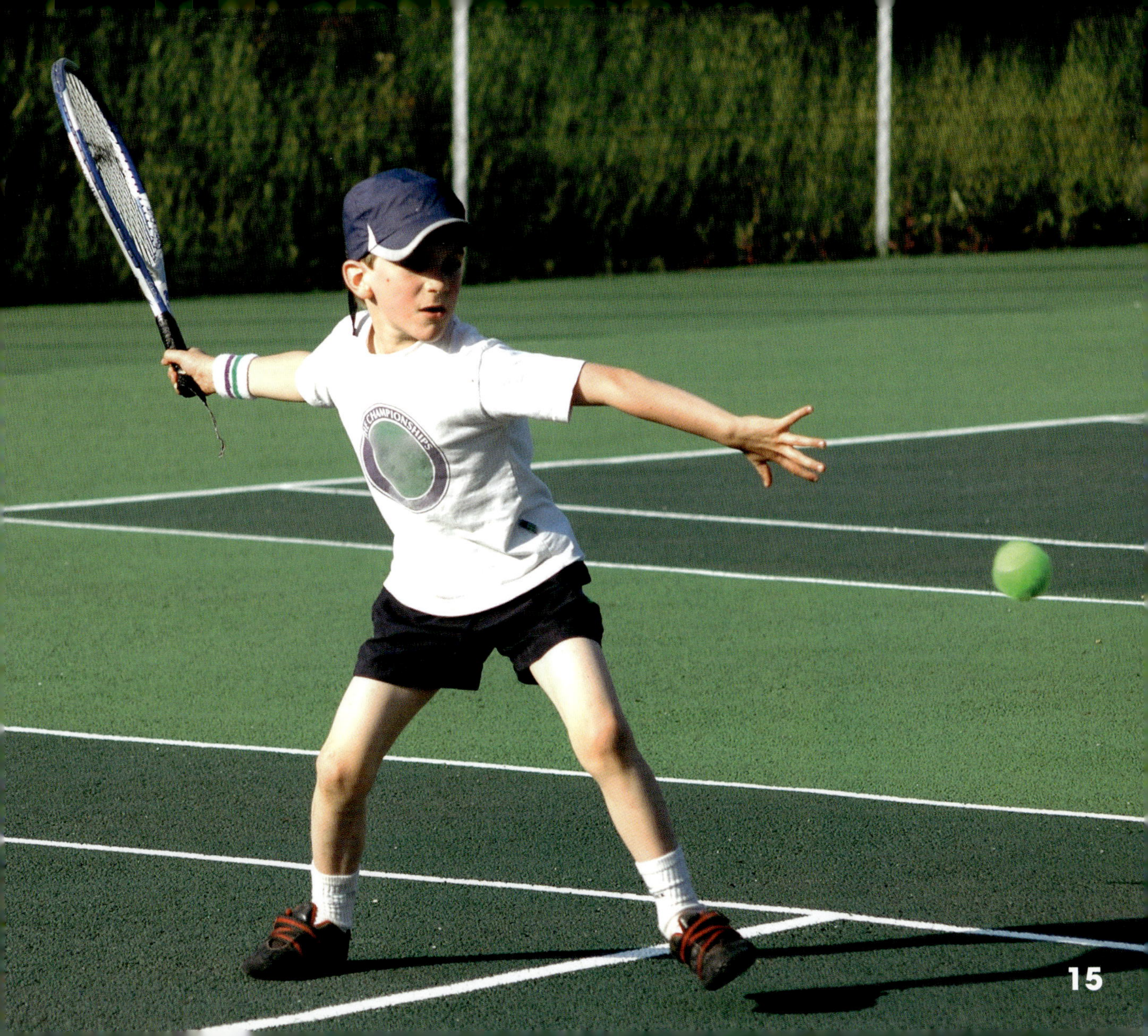
CHAMPIONSHIPS

I have my 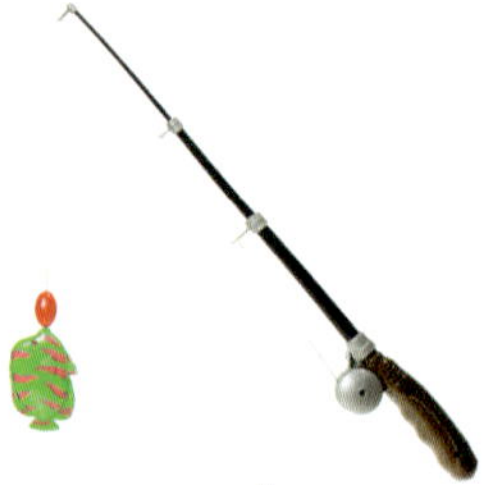 .

pole

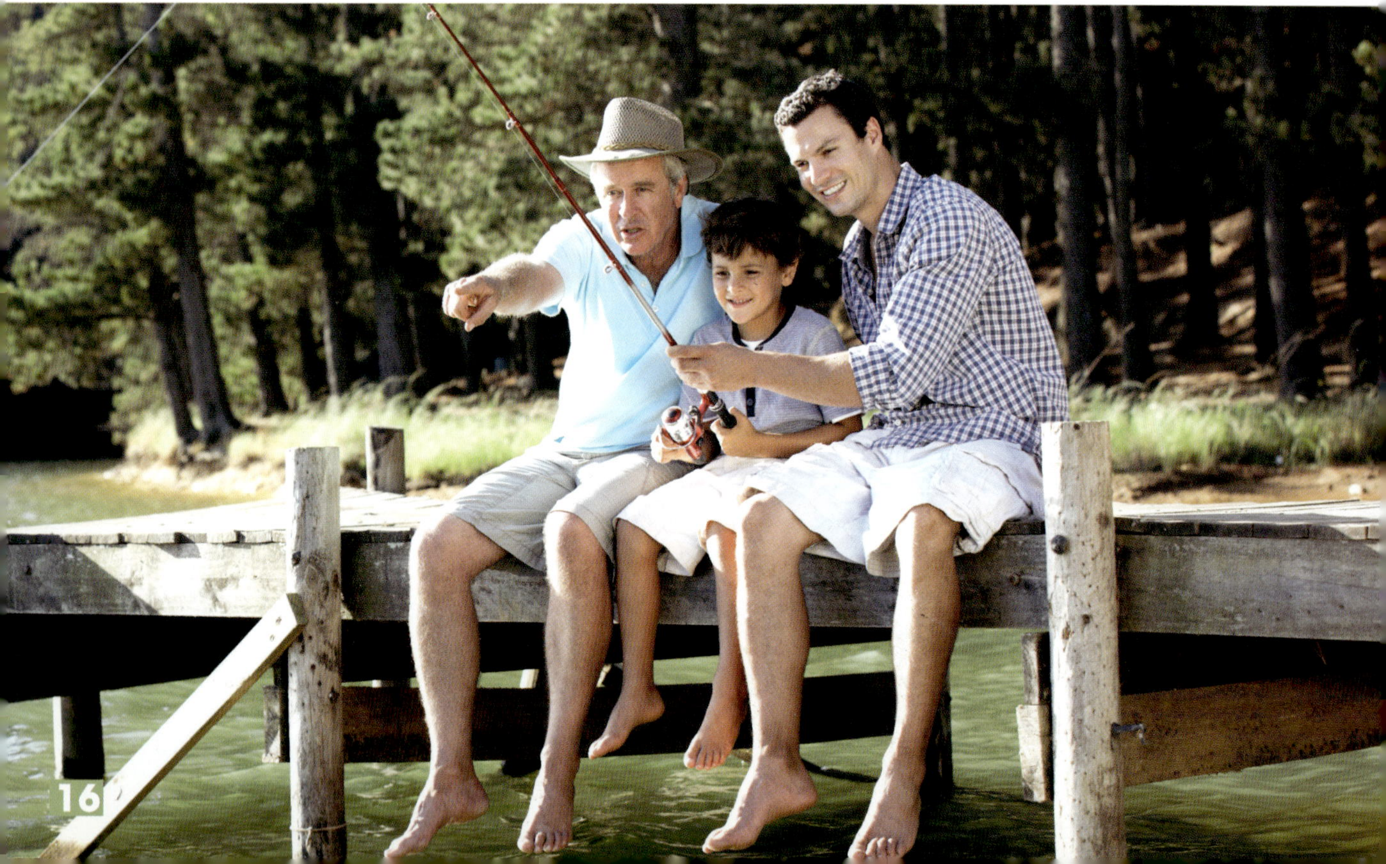